UN AUXILIAIRE IGNORÉ

PAVOT

EN LIMOUSIN

Sa Culture — Emploi — Rendement

Conditions aux Cultures — *prix*

PAR

P. V.

Ancien élève de l'École de Grignon

PRIX : 50 centimes

Médaille d'or décernée de …

LIMOGES

IMPRIMERIE A. USSEL & G. DUCOURTIEUX

Boulevard …

1896

UN AUXILIAIRE IGNORÉ

LE

PAVOT

EN LIMOUSIN

Sa Culture. - Emploi. - Avantages
Conseils aux Agriculteurs

PAR

P. V.

Ancien Élève de la Ferme-École de Chavaignac

PRIX : **50** CENTIMES

Au profit d'une Œuvre de Bienfaisance

LIMOGES
IMPRIMERIE A. USSEL & G. TARNAUD
8 — Rue Cruche-d'or — 8

1886

Tout Exemplaire non revêtu de ma griffe sera
poursuivi conformément aux lois.

A

Monsieur Anatole de Bruchard

DIRECTEUR

DE LA FERME-ÉCOLE DE CHAVAIGNAC

PRÉFACE

En 1811, dans la propriété que dirigeait mon père, se trouvait une grande quantité de noyers. Les gelées tardives du printemps se firent assez vivement sentir, et à tel point que tous nos noyers furent gelés. Sur 40 ou 50 hectolitres de noix qu'on avait obtenus plusieurs fois, nous n'en récoltâmes que 3 1/2.

Depuis quatre ans c'étaient les mêmes résultats; aussi le propriétaire, exaspéré, les fit tous arracher et les vendit. Plusieurs voisins suivirent son exemple, et, dans notre village, les noyers en furent presque tous bannis.

Ce n'était cependant qu'avec beaucoup de peine qu'on se voyait obligé de renoncer à l'excellente huile de noix. Mais les noyers ne réussissant que rarement, et les dégâts qu'ils causaient chaque année aux récoltes par leur ombrage, la gêne qu'ils occasionnaient pour les diverses opérations de la culture, furent de nouveaux griefs invoqués pour leur destruction.

On remplaça la culture du noyer par celle du colza, et on s'en trouva bien.

Cependant, quoique cette dernière fût plus avantageuse, on se plaignait de l'huile de colza, qui est bien loin d'égaler en saveur et en délicatesse celle de noix.

Il aurait fallu trouver un moyen de la remplacer par quelqu'une autre qui égalât celle de noix.

J'écrivis à un de mes amis des environs de Lille, qui est contre-maître dans une huilerie. Je le priai de m'adresser une certaine quantité d'huile de pavot extraite à froid. Quelques jours après je la recevais, et on s'empressa de la goûter. Tout le monde fut unanime à dire qu'elle était délicieuse et remplacerait avantageusement celle de noix. Quelques voisins curieux désirèrent la savourer, ce qui leur fut accordé, et la trouvèrent meilleure que cette dernière.

On décida donc qu'on tenterait la culture du pavot à titre d'essai.

Ce sont les résultats obtenus que nous publions aujourd'hui, et nous croyons rendre un véritable service en les présentant aux cultivateurs intelligents, soucieux des intérêts agricoles de leur pays.

Nous pensons que ce sera une nouvelle richesse pour le Limousin, si de nouveaux résultats viennent confirmer ceux déjà obtenus.

Nous espérons que bon nombre d'agriculteurs répéteront ces essais, tant au point de vue général agricole qu'au point de vue particulier. Nous les engageons en même temps à publier leurs résultats et leurs observations, afin que tout le monde puisse être renseigné. Les nôtres sont excellents ; c'est pourquoi nous les avons publiés ; mais personne n'est obligé ni ne doit accepter ces données comme certaines avant d'en avoir

vérifié soi-même l'exactitude. Nous leur dirons,
en revanche : « Tentez la culture du pavot pendant un et même trois ans, et si vous réussissez,
continuez : vos frais seront toujours largement
couverts. »

Nous donnons dans ces quelques pages les résultats personnels et comparatifs de la culture
du pavot avec celle de colza et de froment, et
nous la trouvons aussi lucrative que ces deux
dernières.

Quelques essais ont été tentés par quelques
amis ou parents que nous avions priés de nous
imiter et qui ont été assez bons de nous commu-
niquer leurs résultats. Nous avons vu avec bonheur qu'ils ont corroboré avec les nôtres.

Pendant trois années consécutives ces essais
ont été répétés. Ils ont eu lieu sur un terrain de
même nature, même exposition et même quantité de fumier que deux autres cultures de froment
et de colza faites à côté. Eh bien ! eu égard aux
exigences de culture, aux nécessités locales, à
la facilité de vente des produits, nous trouvons
la culture du pavot aussi avantageuse que celle
de froment et plus que celle de colza, — dans les
conditions actuelles où se trouve l'agriculture.

On trouvera dans cet opuscule la moyenne de
production de ces trois années de culture. Chacun pourra se convaincre combien serait avantageuse cette culture si elle était faite avec
intelligence.

Les deux tableaux ci-dessous donnent la
moyenne de production et de vente que nous

avons relevé dans différents ouvrages et dans les journaux d'agriculture.

Production à l'hectare de :

Froment................ 21 hectolitres.
Pavot................... 19 —
Colza.................. 22 —

Moyenne des Ventes :

	L'HECTOLITRE.	PRODUIT D'UN HECTARE.
Froment............	22 fr.	462 fr.
Colza..............	20	440
Pavot..............	26	494

Prix de revient (l'hectolitre) :

Froment............................ 17 fr. »
Colza.............................. 16 »
Pavot.............................. 19 10

Bénéfice net à l'hectare :

Froment........................... 105 fr. »
Colza............................. 88 »
Pavot............................. 131 10

Nous ignorons si les chiffres publiés par ces différents auteurs sont exacts ; mais nous ne croyons pas que le pavot soit plus avantageux que le froment. Il nous a semblé que nous avions des moyennes de certains auteurs pour le froment qui nous semblaient faibles, et d'autres, de pavot. fort exagérées. Il n'en est pas moins vrai que si ce dernier produit donne un bénéfice net au-dessous de celui de froment, il ne doit pas être de beaucoup inférieur. Les chiffres que nous publions sont là pour l'attester.

Nous ne nous étendrons pas davantage sur ce sujet; nous aimons mieux laisser parler les faits. Mais nous terminerons en disant que la culture du pavot aura pour nous ce double avantage : le premier, de fournir une huile saine, excellente, supérieure à celle de colza; le deuxième, de remplacer, dans certaines proportions, la culture du froment ou autres céréales devenues ruineuses pour nous, au prix où elles se vendent aujourd'hui.

Culture du Pavot

Origine ; historique. — On n'est pas bien fixé sur l'origine du pavot. Mais il est certain qu'elle n'a pas été importée en Europe, car quelques anciens naturalistes Européens en parlent dans leurs ouvrages. Son berceau doit être les pays méridionaux de l'Europe : elle nous vient probablement de l'Autriche et de l'Allemagne.

On ne sait pas au juste la date à laquelle le pavot a été introduit au XVII° siècle, puisque, en 1715, nous dit l'abbé Rozier, des soupçons furent répandus sur la salubrité de son huile. Elle devait donc exister bien avant cette époque puisque, d'après l'auteur déjà cité, il se faisait dans la capitale une grande consommation de cette huile.

Comme la pomme de terre, l'huile de pavot eut à subir les attaques d'un préjugé qui s'était formé contre elle : qui consistait, disait-on, dans une propriété narcotique qu'elle possédait. En vain la Faculté de médecine protesta contre ce préjugé ; malgré une protestation énergique qu'elle formula et où elle soutenait qu'elle ne contenait rien de dangereux pour la santé, le Gouvernement du Châtelet céda aux plaintes qui lui furent portées. Il publia une sentence qui

punirait d'une amende de 3,000 livres quiconque
la livrerait pure à la consommation.

Mais la ressemblance si parfaite de cette huile
avec celle d'olive ; son prix moins élevé que
cette dernière, furent un encouragement, au
contraire, pour ceux qui la fraudaient et qui
avaient intérêt, par conséquent, à ce qu'elle ne
se vendît pas sans mélange.

Cette sentence fut, au contraire, un voile
derrière lequel purent se cacher les falsificateurs
chez qui la fraude ne pouvait pas être conti-
nuée.

Des plaintes réitérées furent portées au chef
de la police de Paris ; il obtint de nouveaux
arrêts qui ordonnaient aux marchands d'huile de
mélanger 500 grammes d'essence de térébenthine
dans chaque baril d'huile d'œillette, afin que la
fraude ne put plus avoir lieu. Le Parlement
approuva ces arrêts et les enregistra le 29 jan-
vier 1755. Ces arrêts étant en contradiction
formelle avec l'avis qu'en avait donné la Faculté
de médecine, un savant, vivement préoccupé
des questions agricoles de son époque, parfaite-
ment convaincu par l'expérience que cette huile
était très saine, résolut de prendre sa défense en
main et d'adresser une réclamation.

L'abbé Rozier, ce savant, après de nombreuses
expériences où il s'assura de la bonne qualité de
cette huile, adressa au lieutenant de police une
demande de nouvelle consultation à la Faculté.
Cette société émit un avis confirmant celui
qu'elle avait donné en 1717, c'est-à-dire cin-

quante-sept ans avant. La double sentence de la
Faculté et des médecins de Lille, comblant le
vœu de l'abbé Rozier, lui fournit un prétexte
pour adresser une demande qui annulât les dé-
crets portés contre l'usage culinaire de l'huile de
pavot. Ce ne fut pas sans bien des démarches et
des peines qu'il put enfin obtenir des lettres
patentes autorisant la vente de cette huile sans
la mixtionner.

Plus tard il donna, dans son *Traité d'Agriculture*, la culture du pavot, en indiquant toutes les
améliorations connues de son époque, et renou-
vela aux agriculteurs le vœu qu'il avait déjà
formulé devant le Gouvernement. La postérité
sera d'autant plus reconnaissante à cet homme
de bien, qu'il ne se laissa jamais guider par
aucune prétention égoïste. Il n'eut jamais personne pour le seconder dans son entreprise, et
eut toujours pour adversaires implacables les
marchands d'huile qui, seuls, n'avaient pas intérêt à ce que cette huile se vendît seule. Une
fois l'œuvre accompli, Rozier reçut de toutes
parts, tant de la Faculté que des agriculteurs,
des félicitations qui le récompensèrent un peu
de ses travaux.

A la faveur de cette liberté, on vit se répandre
la culture du pavot dans toutes les contrées du
nord de la France. De la Flandre, où elle était
primitivement presque confinée, elle se répandit
dans l'Artois, la Lorraine, l'Alsace, etc.

Les désastres que causèrent les froids si rigou-
reux de 1789 aux oliviers, favorisèrent le déve-

loppement de la culture du pavot, dont l'huile était la seule qui pût remplacer sans trop de désavantage celle d'olive. L'impulsion ne fut bien donnée qu'en 1820, époque à laquelle la Société centrale d'agriculture de Paris offrit des prix de 1,000 et 2,000 francs à tous les cultivateurs qui l'introduiraient partout où elle n'existait pas, afin de remplacer les oliviers qui avaient été si cruellement éprouvés durant cette année. On pensait, en agissant ainsi, pouvoir se dispenser de tirer des huiles d'olive de l'étranger, presque toujours fraudées, quand celles-ci feraient défaut.

Tous les Comités agricoles émirent le vœu de répandre le plus possible cette culture dans tous les pays où elle pourrait réussir.

C'est par millions d'hectolitres qu'on chiffre aujourd'hui la consommation de cette huile, et l'étranger nous en fournit au moins la moitié. Lui laisserons-nous plus longtemps ce monopole aux mains ? Je ne le crois pas ; et un jour viendra, nous l'espérons, où ces derniers ne sauront que faire de leur huile en France, quand nous aurons su leur arracher cette spéculation. Renouvelant le vœu de l'abbé Rozier, nous dirons comme dernière observation qu'à mesure que cette plante sera mieux connue, elle sera davantage cultivée.

Climat. — S'il est une plante qui s'accommode de presque tous les climats, on peut dire d'une manière générale que c'est le pavot. On le trouve en Afrique, en Amérique, dans quelques parties de l'Asie, en Europe, presque partout, depuis le niveau de la mer jusqu'à 3,000 mètres d'altitude. En France, tous les départements du Nord le cultivent, et une grande partie du Midi. On comprend sans peine dès lors que, vivant dans des milieux si différents, il pourrait s'accommoder du climat du centre comme celui du Limousin. Notre région, quoiqu'étant très froide en raison de ses nombreux cours d'eau, de son altitude très élevée, de ses bois, ne l'est cependant pas autant que les départements du Nord, du Pas-de-Calais, de la Somme, etc., où il est cultivé sur une vaste échelle. Elle n'est pas aussi chaude que le midi de la France et de l'Algérie. C'est pourquoi le climat du Limousin convient très bien à la culture du pavot. D'ailleurs, nous avons pour preuve le pavot de nos jardins, qui passe l'hiver sans geler, et les graines de ces mêmes pavots, tombées en août, se conservent très bien dans la terre jusqu'au printemps, où elles germent.

Il est certain, cependant, que les extrêmes, malgré sa rusticité, lui sont pernicieux, et il redoute autant les grands froids que les fortes chaleurs. Les dégels, dans le Nord, lui sont excessivement préjudiciables; aussi le sème-t-on dans ces contrées, de préférence au printemps. Autant il redoute l'humidité et les dégels, dans le Nord, autant il craint la sécheresse, surtout dans sa jeunesse.

Les jeunes plantes souffrent beaucoup de la

chaleur dans les provinces du Midi, ce qui oblige les cultivateurs de ces pays à semer avant l'hiver. Cultivé de cette manière, il n'y redoute nullement les étés secs, puisque les douces chaleurs de mars et avril l'ont promptement fait développer.

Si nous occupions l'un de ces deux extrêmes, Nord et Midi, nous nous en occuperions davantage ; mais nous tenons le milieu, et le climat du Limousin n'a rien à voir avec celui de la Flandre, pas plus qu'avec les provinces méridionales. Nous nous occuperons donc de notre Limousin.

Variétés à semer. — Deux variétés sont cultivées :

1° *Pavot œillette ordinaire.* — C'est la variété la plus cultivée. C'est le *papaver somniferum* des botanistes, qu'on désigne encore, suivant les localités : *pavot noir, pavot à capsules ouvertes, pavot gris, œillette,* etc. Ses fleurs sont rose clair, la partie inférieure des pétales noirâtres. A la maturité, les capsules s'ouvrent et présentent des opercules sous le disque stigmatifère. A cette époque, elles prennent une teinte violacée et même quelques fois presque noire.

Le grand inconvénient de cette variété est de laisser échapper sa graine trop facilement par l'action des vents violents. Par suite de cet inconvénient, on doit, autant que possible, ne la cultiver que dans des positions abritées. Elle rend beaucoup.

Les graines sont petites, très nombreuses, et de couleur grise.

2° *Pavot aveugle.* — *Papaver somniferum inapertum.* On l'appelle : pavot à *capsules fermées, œillette aveugle.* Elle se distingue de la précédente en ce que ses fleurs sont plus foncées, ses capsules plus grosses et non munies d'opercules.

Terrain. — Le pavot est une des plantes les plus exigeantes sous le rapport de la nature du terrain. A vrai dire, elle s'accommode de tous, mais elle rend en proportion de la richesse de ceux où on la cultive.

Ce n'est cependant pas qu'elle l'épuise beaucoup; mais ayant à accomplir toutes les phases de sa végétation dans un laps de temps relativement très court, elle est obligée de trouver une terre substantielle et riche où elle trouvera les substances nutritives en abondance, qui lui sont nécessaires.

La première des conditions exigées pour la bonne réussite de l'œillette, c'est la propreté du terrain, qui doit être labouré profondément et bien ameubli. Elle exige une terre profonde, calcaire-argileuse, calcaire-siliceuse, et enrichie par une demi-fumure enfouie deux mois avant l'ensemencement, et l'autre, un mois environ avant cette même époque. En un mot, il lui faut ce qu'on appelle une terre franche, à sous-sol perméable; car rien ne lui est plus pernicieux que l'humidité, qui a pour conséquence la pourriture des racines, les suites toujours fâcheuses des dégels, qui causent toujours des dégâts considérables dans ces sortes de terrains.

Les terres légères, bien fumées et chaulées, lui conviendraient très bien si elles n'offraient le double inconvénient de ne pas conserver la fraîcheur du terrain absolument nécessaire au pavot, et de manquer de consistance pour fixer solidement la plante afin de ne pas être renversée par les vents.

Le pavot, à l'époque de la floraison et de la maturité, pèse beaucoup ; les vents ont beaucoup de prise sur lui et le renversent assez facilement de peu qu'ils soient violents. Il a besoin dès lors de recevoir un appui, qui ne peut lui venir que du sol. Il faudra donc, autant que possible, ne pas le cultiver dans les terres sablonneuses ou trop légères.

Dans les terres argileuses, il est impossible de l'y cultiver, à moins qu'on ait fait des frais considérables de chaulage ou de marnage en employant des fumiers chauds. Ces terres deviennent si compactes au moment des fortes chaleurs que les binages y sont excessivement difficiles et coûteux. La terre se fend, brise les racines et cause autant de dégâts que les gels, qui y sont toujours considérables.

Nous ne croyons pas, à moins de circonstances exceptionnelles, comme nous venons de le dire, qu'on n'y ait jamais obtenu d'abondants produits.

En général, les terres du Limousin sont silico-argileuses, et elles se trouvent, par conséquent, à peu près placées entre les deux extrêmes que nous venons de voir. Elles ne possèdent, malheureusement, que le calcaire qu'on y a importé, et qui est un engrais indispensable au pavot. Mais aujourd'hui, chez tous les agriculteurs intelligents, les terres sont chaulées tous les quatre ou cinq ans.

Donc, on tâchera toujours de faire précéder les semailles d'un petit chaulage ; on aura le double avantage d'obtenir une excellente récolte, et de donner au terrain une fumure qui lui est absolument nécessaire et qui profitera à la plante qui succédera au pavot.

Voici la composition du terrain dans lequel nous avons fait notre culture :

Silice.	74
Argile.	7
Calcaire.	8
Humus.	11
	100

On voit que, malgré la qualité ordinaire de notre terrain, la récolte n'a pas été mauvaise.

Nous ajouterons une observation ; ce n'est pas tant la qualité du terrain qui influe sur le rendement comme les matières fertilisantes qu'elle contient. On saura, par conséquent, que calcaire et humus sont inséparables de bonne réussite du pavot.

Préparation du terrain. — Le plus généralement, le pavot succède à une céréale ; aussi

trois labours, lui sont absolument nécessaires.
Quand il y succède, une des meilleures opérations qu'on puisse donner au sol est un coup de
herse après la récolte de la céréale. Ce coup de
herse a pour but d'enterrer toutes les graines des
mauvaises herbes qui ont mûri sur ce sol ; elles
sont nées en peu de jours. Cette opération, qui
n'exige que très peu de temps, vaut deux sar-
clages du printemps, car, au mois d'août, la
chaleur étant encore intense, ces graines, en-
terrées à peu de profondeur, germent et pous-
sent immédiatement.

Un mois ou deux après ce coup de herse, quand
l'herbe aura bien poussé, on donnera un labour
profond afin de l'enfouir et de soumettre le terrain,
pendant tout l'hiver, à l'action bienfaisante de
l'air, des gelées et de la pluie. Puis, après l'hiver,
aux premiers beaux jours, vers la fin février, on
donnera un second labour. Si le terrain n'est
pas suffisamment ameubli, on en donnera un
troisième, une quinzaine de jours avant les
semailles.

Si on le fait succéder à une récolte sarclée,
deux labours suffiront très bien pour bien ameublir
le sol. Il faut, dans ce cas, avoir le soin de donner
le premier un mois environ après la récolte de
ces produits.

A l'époque des semailles, il faudra avoir le soin
de rendre la terre aussi pulvérulente que possible.
Les racines étant également grêles et déliées,
les mottes seraient un grand obstacle à leur
développement et retarderaient la végétation.

Après le dernier labour, le jour des semailles, on doit compléter l'ameublissement par un ou deux coups de herse et un roulage.

Ce dernier labour doit être fait à plat ou en planches d'une largeur de 6 à 8 mètres.

Pour arriver à de bons résultats, ces dernières opérations ne doivent avoir lieu que par un beau temps.

Engrais. — Trois sortes d'engrais ont été employés dans la culture que nous avons faite : fumier de cheval, fumier de vache et fumier de brebis. Sans nous prononcer sur la préférence marquée du pavot pour un de ces engrais, et quoiqu'il n'en dédaigne aucun, nous pouvons assurer que celui de brebis a produit les meilleurs effets.

Ses effets ne se sont qu'à peine fait sentir sur le développement de la paille, mais sur les têtes, qui étaient plus grosses et mieux garnies. La même quantité avait cependant été employée de part et d'autre. Cela tient probablement à la grande quantité d'ammoniaque contenu dans le fumier de brebis ; ou, encore, à des causes chimiques qui nous sont inconnues.

Sous le rapport de l'épuisement du sol, le pavot est moins épuisant que quelques-unes de nos céréales ; ce qui n'empêche pas qu'il lui faut une abondante fumure, mais il faut moins l'attribuer à ses propriétés épuisantes qu'à la nature de sa végétation. Nous avons toujours obtenu de bonnes récoltes après le pavot. Sans être fixé au juste sur le degré d'épuisement occasionné par le pavot, nous croyons pouvoir affirmer qu'il ne l'est pas plus que le froment, et il offre l'avantage sur ce dernier de laisser le terrain dans un état plus grand de propreté et d'ameublissement.

Les agronomes sont fort divisés sur la quantité d'engrais à appliquer à l'hectare. Comme nous l'avons déjà dit, et c'est, nous pensons, ce qui a produit leurs contestations, il faut d'autant moins du fumier que le terrain est plus riche, que les récoltes précédentes ont plus reçu d'engrais, qu'elles sont moins épuisantes, que la terre a été mieux entretenue.

Sans vouloir rentrer dans aucune discussion à ce sujet, nous dirons que la moyenne d'engrais à employer (fumier de ferme) est de 30,000 kil. C'est la quantité que nous avons employée. Peut-être n'y aurait-il pas de mal à l'augmenter.

MM. Girardin et Dubreuil pensent qu'une fumure de 14,000 kil. est suffisante et doit produire 22 hectolitres par hectare. Nous ne considérons pas ce chiffre comme suffisant, à moins qu'on ait affaire à un terrain d'une fertilité exceptionnelle. M. de Gasparin conseille d'appliquer 65,000 kil. de fumier à l'hectare et il pense obtenir une récolte de 26 hectolires.

Nous n'avons pas à contester ce dernier chiffre : l'autorité du comte de Gasparin est trop grande, sa mémoire trop chère à l'agriculture et à la France pour que nous osions jamais nous prononcer contre ; mais nous considérons ce chiffre beaucoup trop élevé, car, si on considère que 100 kil. de graines produites enlèvent au sol 950 kil. de fumier, une récolte de 30 hectol. (qui est fort rare) enlèverait 17,725 kil. de fumier ; il resterait dans le sol 47,275 kil. dont la moitié serait une avance faite au sol en pure perte. Pour conclure, nous sommes convaincu, avec M. Gustave Heuzé, que, pour produire 20 hect. de graines de pavot et 24 hectol. de froment, qui seront une deuxième récolte, il faudra 27,000 à 30,000 kil. de fumier.

Quand on aura la faculté de choisir ses engrais, il faudra toujours prendre un engrais riche en azote et en phosphate. Les engrais chimiques, nous n'en doutons pas, seront le puissant auxiliaire du cultivateur pour cette culture ; une demi-fumure d'engrais chimiques et l'autre moitié en fumier de ferme conviendrait très bien. Comme nous l'avons dit, ce sont des engrais très solubles qu'il faut au pavot : on n'a pas mieux que ces engrais artificiels.

Si on possède un fumier bien gras et bien décomposé, on ne devra l'enfouir qu'au moment du dernier labour. S'il était trop pailleux et enfoui au second labour, il gênerait le dernier et l'opération se ferait très mal, attendu qu'il ne serait pas consommé. Si ce sont des engrais chimiques, ils ne devront être répandus que sur le dernier labour et avant le coup de herse, afin d'être bien mélangés avec la terre de la surface.

Semailles. — Les semis se font à deux époques différentes : avant l'hiver et au printemps.

Dans le Midi, où le pavot a à craindre les fortes chaleurs du printemps, on le sème avant l'hiver; dans la région du Nord, au contraire, où les effets du climat sont diamétralement opposés, on n'opère que vers la fin mars et au commencement d'avril. Nous ne nous occuperons que de cette dernière époque, attendu qu'elle nous concerne particulièrement, vu l'identité de notre climat avec celui du Nord.

Quelques agriculteurs ont dit qu'on pouvait semer jusqu'en mai; mais il est impossible, même pour notre région, que des semis aussi tardifs puissent réussir. Nous sommes encore moins d'accord avec Victor Borie, qui avance qu'on peut semer jusqu'en juin; nous désirerions savoir, dans ce cas, si c'est pour récolter en automne. Autant que possible, on doit les exécuter de bonne heure, afin de les préserver des fortes chaleurs, qui sont très à redouter pour les jeunes plantes. Une autre raison oblige d'agir ainsi : quand viennent les douces chaleurs du printemps, si le pavot a passé ce laps de temps où il reste, pour ainsi dire, à l'état latent, et qui dure environ 30 ou 40 jours, il végète rapidement, développe de nombreux rameaux bien fortifiés, et le rendement est de beaucoup supérieur. Aussi il est rare de ne pas voir réussir les semis hâtifs. Nous conseillerons donc, pour notre climat, de semer vers la fin février ou au commencement de mars. Plusieurs moyens sont en usage pour faire les semis : Il est essentiel, premièrement, de savoir si les soins d'entretien auront lieu à la main ou à la houe à cheval. S'ils se font à la main, on devra diminuer de beaucoup la distance entre les lignes, et, conséquemment, augmenter les produits.

Cinq moyens sont employés pour faire les semis : 1° à la volée; 2° au semoir à cheval; 3° au semoir à brouette; 4° à la bouteille; 5° à la main en lignes.

Les semis à la volée s'exécutent dans plusieurs parties du Nord de la France; mais ce procédé tend à disparaître chaque jour, à cause des grandes difficultés qu'il occasionne pour les soins d'entretien, qui sont en même temps beaucoup plus coûteux. Il est impossible par ce moyen, vu l'extrême finesse de la graine, de la répandre uniformément et d'une manière convenable sans la mélanger à d'autres matières étrangères. On peut employer indistinctement du sable mélangé dans la proportion des 2/3, des cendres et de la sciure de bois dans les mêmes proportions.

Le terrain destiné aux semis en lignes, quand ils sont faits au semoir à brouette, doit être rayonné à l'avance. Cependant, avec les semoirs perfectionnés usités aujourd'hui, il n'est plus nécessaire d'employer le rayonneur : comme pour les semis faits à la volée, on doit mélanger la graine à une certaine quantité de sable fin sec. Le rayonneur sera utile pour les anciens semoirs qui n'avaient pas reçu tous les perfectionnements désirables pour leur bon fonctionnement, afin de conserver une plus grande régularité dans l'espacement des lignes et dans leur direction. Les observations à faire pour le semoir à cheval étant les mêmes que pour le semoir à brouette et présentant les mêmes avantages sans en avoir les inconvénients, nous n'en parlerons pas. La manière de se servir de ces instruments est indiquée dans des ouvrages spéciaux; nous ne nous en occuperons pas. D'ailleurs, les moyens diffèrent avec les systèmes, qui varient nécessairement avec les noms des inventeurs.

Tout le monde ne possède pas de semoir, et il est un moyen aussi bon, quoique moins expéditif : il s'opère à l'aide d'une bouteille fermée par un bouchon percé d'un trou dans lequel on passe un petit tuyau de porte-plume. Il est nécessaire, quand on se sert de la bouteille, d'opérer à l'aide d'un cordeau, afin de tracer les rayons plus symétriquement. Après avoir mis une certaine quantité de graines dans sa bouteille, l'ouvrier la prend avec la main, le goulot penché vers la terre, et, suivant le cordeau qu'il aura placé préalablement, n'aura qu'à marcher à bon pas ; il tombera suffisamment de graines, et même trop. On doit se servir, pour cette opération, d'un cordeau aussi long que possible. Le but qu'on désire en se servant de cet instrument étant de disposer la graine par rayons afin de faciliter les binages, il sera absolument nécessaire d'opérer par un temps calme et doux, la graine étant si légère, le vent la disperserait pour la placer exactement comme à la volée, ce qui ne serait pas la peine de tant se donner de mal.

L'ensemencement à la main, en lignes, s'opère

de la même manière qu'à la bouteille, mais cette dernière étant préférable, nous ne nous y étendrons pas; d'ailleurs, le plus simple bon sens suffit pour condamner ce procédé.

M. Gustave Heuzé recommande comme une bonne opération d'employer, concurremment avec le sable ou autres matières, un engrais chimique capable d'exciter la végétation, afin, dit-il, que les jeunes plantes puissent mieux résister aux sécheresses du printemps et à l'envahissement des mauvaises herbes.

Une fois l'ensemencement terminé, il faut procéder au recouvrement des graines. Quand il est fait au semoir, on a rarement besoin de recouvrir, car, mettant la graine à la profondeur voulue, il la couvre en même temps. Mais pour les semis faits soit à la volée, soit en lignes, à la main ou à la bouteille, il est nécessaire de couvrir. On se sert d'une petite herse très légère, d'un rateau à main, d'un rouleau ou d'un fagot d'épines. Il n'est pas nécessaire d'entrer dans de détails sur les différentes manières de couvrir à l'aide de ces instruments : chaque cultivateur doit savoir s'en servir.

Si, contrairement à ce que nous avons dit, l'ensemencement s'était fait par un temps pluvieux, il ne serait pas nécessaire de couvrir la graine. De même s'il s'était fait par un beau temps et qu'on s'attende à la pluie.

La distance à observer entre les lignes varie avec la manière dont on pense donner les soins d'entretien.

Malgré les grands avantages qu'on retire à faire les binages à la houe à cheval, nous conseillerions, pour la petite culture, de les faire à la main. On augmente, il est vrai, les frais d'entretien, mais la distance entre les lignes que le binage à la main permettra de diminuer, augmentera d'un tiers le nombre des pieds, et, par suite, le rendement. Quelques soins qu'on prenne en passant la houe à cheval entre les lignes, si elles sont trop rapprochées, on ne pourra s'empêcher d'occasionner des dégâts considérables. On est donc forcé d'espacer davantage les lignes et la production en est diminuée. Le mieux serait de placer les lignes à la distance exigée pour le bon développement des plantes et de faire les binages à la main. La moyenne à observer pour la houe est de 0^m40 à 0^m50, et, à la main, 0^m20 à 0^m35.

La quantité de graine à employer à l'hectare varie avec la manière d'ensemencer et non avec la qualité du terrain, car, quand même on voudrait proportionner la semence à son degré de fertilité, il n'en serait rien, et c'est même impossible. L'ensemencement à la volée est celui des procédés qui en exige le plus : deux à trois kil. sont nécessaires. En lignes, on en dépense moins, et la graine est répandue plus uniformément. Généralement, il n'en faut pas plus de deux kil.

Avec les excellents semoirs qu'on possède aujourd'hui, on peut diminuer cette quantité jusqu'à un kilog.

On doit n'employer que le moins possible de graine, car il est pour ainsi dire impossible de ne semer que juste la quantité nécessaire.

Les détails que nous pourrions donner sur la végétation n'étant que superflus, nous n'en parlerons pas. Nous dirons seulement que les cotylédons apparaissent dans la première quinzaine après les semailles; 8 à 10 degrés de chaleur sont nécessaires à la germination du pavot.

Soins d'entretien. — Très peu de plantes souffrent autant des mauvaises herbes que le pavot dans sa jeunesse. Aussi, on doit opérer un sarclage un mois environ après l'apparition des cotylédons en commençant un premier éclaircissage. Cette première opération se fait assez vite, en raison de la petitesse de l'herbe et des jeunes pavots, qui sont très faciles à séparer. Il n'est pas fait mention dans les ouvrages d'agriculture de cette opération si précoce; mais nous l'appelons à l'attention des cultivateurs, car l'ayant pratiquée nous-même, nous en avons été très content.

Quand les plants auront cinq ou six feuilles, on donnera un premier binage sérieux. C'est celui des soins d'entretien qui est le plus coûteux, le plus difficile et le plus minutieux. On ne doit y employer que des ouvriers consciencieux et intelligents. C'est de cette opération que dépend, la plupart du temps, le succès de la récolte. Le pavot, en effet, a la racine excessivement délicate dans sa jeunesse, et, toutes les fois qu'elle a reçu la moindre lésion, soit par le tranchant des outils, soit par le frottement d'une pierre ou encore par le soulèvement des pieds, elle ne tarde pas à périr. Les ouvriers doivent toujours avoir le soin de ne pas les toucher. Comme on profite de ce binage pour éclaircir, ils devront, toutes les fois qu'ils auront des plants à arracher contre un autre qui doit rester en place, le faire avec la main et avec le plus de précautions qu'ils pourront afin de ne pas déterrer ce dernier. S'il l'était, il périrait infailliblement, et les pieds remplacés reprennent rarement, surtout par un temps sec dont on profite toujours pour faire les binages afin de faire périr les mauvaises herbes. Beaucoup d'agriculteurs ont recommandé de ne procéder à l'éclaircissage qu'au deuxième binage ; s'il est vrai que plus les plantes sont jeunes et plus elles sont sujettes à périr, il n'en est pas moins vrai qu'elles peuvent supporter un éclaircissage non complet, mais partiel, au bout de quinze jours ou trois semaines après leur naissance, ce qui facilite beaucoup le développement de celles qui restent. Les radicelles sont si peu développées à cet âge qu'on peut très bien séparer les plantes sans leur causer le moindre préjudice.

Une grande erreur existe dans l'esprit de la généralité des cultivateurs, qui croient que plus la terre est riche et plus elle peut nourrir de plants. La simple observation suffit à la réfuter ; car, plus la terre est riche, et plus les plantes prennent de développement. Et si, sur une surface donnée de terrain, le nombre de plants augmente à mesure de la richesse du sol, ces plants qui, dans la distance exigée pour la végétation normale, eussent pris un grand développement, seront extrêmement gênés dans leur croissance ; un grand nombre de fleurs avorteront, par suite, du manque de lumière qui ne pénétrera jamais jusqu'aux pieds. En sorte qu'il n'y aura que les têtes qui produiront et la récolte en sera notablement diminuée. Si, au contraire, on a à faire à un terrain moins riche, les plantes se développeront moins ; on pourra, par conséquent, en augmenter le nombre.

Cette observation nous conduit à la manière de savoir distancer ses plantes. L'espacement ordinaire entre les pieds est de $0^m,25$ à $0^m,30$, données qui peuvent varier avec la qualité du terrain, comme nous venons de le dire. S'il y a intérêt à ne pas laisser les pieds trop près les uns des autres, il y a aussi inconvénient à trop les espacer, par la raison toute simple que le terrain ne donnerait pas ce qu'il serait en état de rendre, et que le vent aurait beaucoup plus de prise pour les arracher.

Généralement on donne un troisième binage qui n'est pas absolument nécessaire, quelquefois; mais le peu de frais qu'il occasionne et les bons effets qu'il produit engagent à le faire faire. Il se donne quand les plantes ont atteint $0^m,30$ à $0^m,50$ de hauteur, c'est-à-dire au moment où la plante va végéter rapidement et où elle développera ses nombreuses ramifications. Si, dans tous les cas, on ne pouvait le donner que quand les plantes auraient pris un certain développement, on devrait veiller avec la plus scrupuleuse attention à ne pas briser les branches latérales.

Au moment du dernier binage, il arrive quelquefois qu'on butte les pieds pour leur donner plus de fixité, car le moment le plus critique arrive pour eux et traversera les deux dernières phases de l'existence du pavot : la floraison et la maturité.

On profite de cette dernière opération pour enlever les pieds malades, qui prennent une teinte noirâtre ou jaunâtre quand ils ont été lésés ou déterrés.

Causes naturelles nuisibles. — Deux, surtout, peuvent lui occasionner d'assez graves dégâts : ce sont le vent et la pluie.

A l'époque de la maturité, alors que les graines sont détachées des capsules, si des vents violents surgissent, on court grand risque de voir la récolte beaucoup endommagée. L'agitation et les secousses qu'ils produisent, en penchant les têtes, font tomber les graines par les opercules, et on cite des exemples où la moitié de la récolte a été perdue.

Quand le pavot a été arraché, s'il survient des pluies accompagnées de bourrasques, il se pourra qu'une quantité considérable de têtes aient reçu de l'eau. Il s'ensuit que la plupart du temps, si le beau temps ne survient pas et qu'il faille attendre longtemps pour battre, ces graines seront gâtées et leur valeur commerciale beaucoup diminuée.

Avec le pavot aveugle, on évite ces deux inconvénients car, quand même les plantes seraient arrachées, cassées, les graines ne peuvent sortir et sont préservées de même contre la pluie.

Récolte. — L'époque à laquelle on fait la récolte varie avec les climats. Dans les régions du Nord et de l'Est, on récolte au mois d'août ; dans le Midi, vers le mois de juin. Nous avons toujours récolté, dans la Haute-Vienne, dans la première quinzaine d'août.

La maturité s'annonce par la dessication des tiges, les feuilles flasques et jaunâtres, la graine lisse, résonnante dans la capsule quand on l'agite, dure, tombe quand on penche les têtes.

Toutes les têtes ne sont pas mûres en même temps. Les premières mûres sont celles qui proviennent des fleurs écloses les premières, qui sont toujours les mieux constituées et où la graine est la plus belle et pèse le plus.

Malgré l'inégalité qui existe dans la maturité, il ne faut pas conclure de là qu'on doive attendre celle de toutes les têtes. Quand la généralité est mûre (et c'est la meilleure graine), on doit s'empresser de récolter. Si d'un côté on a intérêt à laisser mûrir le plus de têtes qu'il est possible, d'un autre côté on court grand risque de perdre sa récolte si, comme nous l'avons déjà dit, des orages ou autres circonstances atmosphériques viennent à surgir. Et si les graines sont trop mûres, on perdra beaucoup de graines par suite de la secousse imprimée pour l'arrachage

On ne doit pas non plus récolter trop tôt, parce qu'il pourrait rester beaucoup de graines adhérentes aux parois des capsules si la maturité n'était pas terminée. Puis, une notable quantité de ces graines seraient blanchâtres ou rougeâtres, ce qui déprécierait beaucoup les produits pour la vente.

Arrachage. — Non seulement il y a inégalité dans la maturité des têtes, mais encore dans les différentes parties d'un même champ. On commence à récolter celles qui sont le plus avancées.

Il y a deux manières d'opérer l'arrachage : la première est l'arrachage de la plante tout entière ; l'autre le coupage des têtes seulement.

Pour la première, les ouvriers doivent se munir d'une poignée de paille de seigle, qu'ils attachent autour d'eux à l'aide d'un lien, et ont soin de la mouiller préalablement afin qu'elle soit moins cassante. Nous ne pouvons mieux faire que de citer le passage relatif à l'arrachage, de M. Gustave Heuzé :

« Alors les ouvriers saisissent par la main droite toutes les tiges provenant d'un même pied aux deux tiers de sa hauteur, et arrachent ce dernier aussi verticalement que possible. Lorsque la terre est légère ou lorsqu'elle a été détrempée par des pluies, cet arrachage se fait très facilement ; il n'en est pas de même quand le sol est un peu argileux ou qu'il a été durci par le soleil ; alors on se trouve dans la nécessité, après avoir saisi toutes les tiges, de donner un coup de pied à la partie inférieure de la plante que l'on veut arracher. Comme le pavot est presque sec, le coup casse la tige principale au collet, et évite que la main de l'ouvrier ne facilite la chute d'une certaine quantité de graines. On comprend combien il est utile que l'opérateur évite, pendant cette rapide cassure, d'incliner ou de secouer violemment les capsules. C'est en roidissant son bras qu'il parvient à maintenir les tiges droites ou verticales.

» Au fur et à mesure que l'ouvrier opère, il maintient, à l'aide de son bras gauche, tous les pieds contre lui-même. Lorsque les plantes arrachées forment une poignée, il prend celle-ci à l'aide de ses deux mains, l'appuie sur le sol, saisit trois ou quatre brins de paille, lie toutes les tiges au-dessous des capsules les plus inférieures, et remet ensuite la botte à l'aide qui l'accompagne.

» Cet aide est chargé de la confection des faisceaux ou chaînes. Il seconde ordinairement deux ou trois ouvriers arracheurs. »

A mesure que chaque poignée est liée, l'aide la saisit des mains de l'ouvrier (car on ne doit pas la poser à terre) et la porte sur le faisceau. Pour former un faisceau, on commence par saisir trois poignées qu'on appuie les unes contre les autres, les pieds en triangle, et distants les uns des autres de 0^m 60 environ, exactement, d'ailleurs, comme on plante le sarrasin dans notre pays. Ceci fait, on continue à disposer les bottes autour des trois premières en les y appuyant obli-

quement, de manière à ne pas être renversées
par l'action du vent. On peut confectionner les
tas de la grandeur qu'on veut ; mais on ne doit
pas non plus les faire trop grands, car les ran-
gées du centre ne sècheraient que très lentement.
Nous ne conseillerions pas de mettre plus de 50
à 60 bottes par tas. Pour leur donner plus de
fixité, on les entoure d'un lien de paille ou,
mieux encore, d'une rangée de pelletées de
terres jetées sur le pied, ce qui les consolide
très bien.

Malheureusement, s'il survient des pluies avant
le battage et qu'elles soient trop longues, les
capsules et les graines s'impreignent d'eau et
ces dernières sont souvent beaucoup endomma-
gées. On est obligé, dans ce cas, afin d'obvier
à cet inconvenient, de profiter d'un jour venteux
ou qui ferait un peu de soleil pour défaire les tas
et les refaire à côté. Les bottes extérieures, qui
sont les plus sèches, se trouveraient ainsi placées
à l'intérieur, et celles de l'intérieur, qui auraient
le plus souffert de l'humidité, se trouveraient à
l'air et à la lumière. Peut-être préviendrait-on,
par ce moyen, le détériorage des graines. Ajou-
tons que cette opération est peu coûteuse.

Le moyen le plus expéditif, s'il n'est pas le
meilleur, pour la dessication du pavot, est de
placer les bottes par trois, comme on plante le
sarrasin dans le Limousin. Outre qu'on a beaucoup plus tôt fait de cette manière, les plantes
sèchent et mûrissent beaucoup plus vite par
l'action du vent, de l'air et de la chaleur, qui

pénètrent partout avec cette disposition. Ce serait la meilleure méthode de dessication si elle n'offrait pas le grave inconvénient de manquer de solidité. Toutes les fois que le vent de l'Ouest annonce la pluie, on est sûr qu'il tombe une quantité de bottes. Aussi nous ne mentionnons ce moyen qu'à titre de renseignement.

La seconde manière de récolter consiste à couper les têtes avec un couteau et de les jeter dans un tablier qu'on porte devant soi ou, encore, dans un sac. En opérant ainsi, on a l'avantage de pouvoir serrer la récolte tout de suite, et, par cela même, de perdre moins de graines. Seulement, nous ignorons si ce moyen est de beaucoup plus expéditif que le premier; nous le croyons cependant, car le temps qu'on perd pour lier les pieds en bottes, les mettre en faisceaux, est gagné par ce moyen.

Le seul inconvénient que nous y trouvons est causé par la difficulté de ne pouvoir pas laisser se terminer la maturité après avoir coupé. On serait obligé, dans ce cas, de laisser mûrir complètement la récolte sur pied. Nous recommandons ce moyen à l'attention des cultivateurs.

Battage. — Le pavot offre une facilité parmi les autres plantes, pour le battage : c'est celle de pouvoir être battu sur place, ce qui évite ces difficultés de transport toujours coûteuses, et qui retardent la rentrée des produits.

On bat ordinairement 10 à 15 jours après l'arrachage; les circonstances atmosphériques peuvent faire varier cette durée, comme aussi le temps dont on dispose. On doit choisir un beau temps pour cette opération, qui est une des plus délicates, et ne commencer qu'après la disparition de la rosée.

On porte soit une cuve à lessive, soit une moitié de barrique sciée au milieu, qu'on dépose près de chaque tas.

L'ouvrier prend une botte sous son bras gauche, la penche dans la cuve les capsules en bas; puis, avec un bâton gros et court qu'il tient de la main droite, frappe sur celles-ci jusqu'à ce qu'il ne tombe plus de graines. A mesure qu'il frappe, il doit la tourner dans tous les sens, de manière que toutes les têtes soient soumises à l'action du bâtonnet. Quond la poignée est bien battue, il la pose à côté de lui, le plus près possible, sans être gêné, afin de perdre le moins possible de temps. Il peut encore se faire aider par un enfant ou une femme qui lui approcheront les bottes et avanceront par là beaucoup l'ouvrage. Pendant que l'ouvrier bat une poignée, l'aide porte celle battue sur le tas fait à côté et va en chercher une autre à battre.

Quand ce tas est terminé, deux hommes, plaçant la cuve sur une civière, l'emportent à côté d'un autre tas et continuent la même opération.

On a dû avoir le soin d'emporter des sacs avec soi pour y mettre les graines. La cuve ne doit pas être remplie à plus de la moitié, les graines s'éparpillant facilement, on en perdrait beaucoup.

Il n'est pas absolument nécessaire de se servir

du bâtonnet pour le battage ; on a encore un
procédé qui est beaucoup plus expéditif, s'il n'est
pas aussi commode : on saisit une botte dans
chaque main, le pied des plantes sous les aissel-
les, en les serrant avec le bras contre le corps ;
puis on frappe ces deux poignées l'une contre
l'autre en ayant soin, bien entendu, de les tourner au fur et à mesure que chaque portion est
battue.

Nous n'avons pas à parler ici sur les procédés
plus ou moins fantaisistes de certains auteurs.
Nous nous sommes borné à indiquer les deux en
usage et qui sont en même temps les meilleurs.

Les poignées battues doivent être remises en
tas, avec ordre, à côté, pour qu'elles finissent de
sécher et pour subir un autre battage qui aura
lieu une quinzaine de jours environ après le premier. Ce battage est nécessaire pour finir d'ex-
traire les graines restées adhérentes aux parois
intérieures des capsules. Il s'effectue très rapidement, car il n'est plus nécessaire ici d'agir avec
toutes les précautions nécessaires au premier. On
en extrait d'un hectolitre et demi à trois, ce qui
paie déjà une bonne partie des dépenses.

On n'agit pas de même pour l'œillette aveugle, qui exige bien moins de précautions. Avant
de récolter, il faut avoir soin de bien laisser
mûrir toutes les têtes ; puis, ces têtes sont cou-
pées et rentrées dans des greniers secs et bien
aérés, comme nous l'avons dit. Une fois en ma-
gasin, on pourra attendre les mauvais jours
d'hiver, où on ne peut faire autre chose à l'exté-

rieur, les jours de pluie, ce qui évite de perdre
un temps précieux, comme celui où on est obligé
de battre l'œillette ordinaire. Tout le monde de
la maison peut concourir à ce battage, qui est
des plus simples, si on ne bat pas au fléau.
Nous recommanderons toujours de couper les
têtes de cette variété, préférablement à l'arrachage, qui emporte toujours un peu de terre aux
racines et qui rend le nettoyage plus difficile et
moins parfait.

La plupart des méthodes décrites pour le battage de cette variété sont souvent bien peu
expéditives. On a conseillé d'ouvrir les capsules
avec un couteau ou encore avec la main, et de
faire tomber ces graines dans un panier, une
cuve ou une caisse. Mais nous ne croyons pas
que ce procédé soit bien en usage, car, que
ferait le fermier qui en aurait 20 à 30 hectolitres
à battre ? Il serait obligé de renoncer à cette
culture. On doit se servir de grandes bâches sur
lesquelles on étend les têtes, et qu'on bat ensuite
avec le fléau. Cette manière offre le double
avantage de ne presque pas salir la graine,
d'opérer beaucoup plus vite et de ne perdre que
très peu de graines. A défaut de bâche, on
pourra battre sur l'aire bien unie et bien sèche
d'une grange.

Une autre méthode qui n'est pas moins bonne
et qui remplace les bâches, quand on n'en possède pas : Sur le tablier d'un pressoir à cidre, on
dispose les têtes de pavot, qu'on écrase avec un
bâton, un battoir à laver et tout ce qui peut

servir à écraser les têtes. A mesure qu'elles sont battues, on les met dans des cuves, des sacs, ce qui est préférable, et on monte au grenier.

Nettoyage. — A mesure que les graines arrivent à la ferme, elles doivent être étendues dans un grenier bien aéré et bien parqueté, autant que possible.

On les étend en couche épaisse d'environ 0^m 20 d'épaisseur. Faisons observer qu'on doit laisser les débris des capsules mélangés avec la graine, afin que la dessication s'opère avec plus de rapidité. Une autre raison oblige d'agir ainsi : la graine s'échauffant très vite, ces débris maintiennent la graine soulevée et permettent la circulation de l'air dans le milieu du tas. Ces graines doivent être remuées plusieurs fois par semaine, sauf au moment où elles sont presque complètement sèches et où elles n'auront besoin que d'être remuées tous les 8 ou 15 jours.

Une fois la graine sèche, on doit la séparer des parties terreuses qu'elle renferme et des capsules. A cet effet, on se sert d'un crible à mailles très serrées, afin de ne laisser passer que la graine. Les débris des feuilles, des capsules, les graviers restent dans le crible qu'on doit agiter assez longtemps pour qu'il ne reste pas de graines dans les alvéoles ou les plis des feuilles.

Malgré tous les soins pris pour cette opération, elle n'est jamais complètement nettoyée, car la poussière passe toujours à travers les trous du crible, tombe avec la graine et la sâlit. On doit, par conséquent, lui faire subir un vanage qui suffit à la débarrasser de cette poussière. Nous ne sommes pas de l'avis de M. Heuzé, qui veut qu'on tourne beaucoup plus rapidement que pour nettoyer tout autre graine. Celle de pavot est si fine et si légère que si le van tourne trop fort, cette graine est projetée à l'extérieur, ce qui occasionnerait une perte considérable de graine. Nous pensons, au contraire, qu'un léger ventilage suffit à la débarrasser de sa poussière, qui est toujours plus légère que la graine et jetée en dehors du van.

Quand le nettoyage est terminé, on replace la graine dans le grenier, mais en tas cette fois-ci ; si elle était bien sèche, nous conseillerions de la placer dans les sacs en attendant la vente : si on la laisse en tas, on doit lui faire subir tous les mois un vanage, tant pour la débarrasser de la poussière que pour la préserver des insectes qui pourraient l'attaquer. Si on a un grenier bien parqueté, sans trous de rats, il vaudrait mieux la disposer en une couche épaisse qu'on remuerait quelquefois.

Rendement. — Le rendement de l'œillette varie avec les climats, la nature du sol, son exposition, le mode de culture, la fumure, les soins d'entretien et l'état météorologique de l'année.

Suivant les citations de M. Heuzé :

Bonnet (Provence)......	24 à 25	hectolitres.
Schwerz (Alsace).......	20 à 25	—
Thiriot (Lorraine)......	20 à 25	—
Rendu (Flandre).......	20 à 30	—
Dailly (Seine-et-Oise)...	18	—
Cordier (Flandre)......	18	—
MOYENNE...	20 à 26	—

Poids de l'hectolitre. — La graine de pavot pèse de 59 à 65 kil. Il est à remarquer que, si elle est mal nettoyée, elle pèsera d'avantage. Celle que nous avons obtenu a pesé 60 kil. 450.

Rendement en tiges. — Voici ce que nous avons obtenu et dont nous avons pu nous rendre compte en pesant les tiges : sur 10 ares, nous avons récolté 59 bottes de tiges qui ont pesé 297 kil. Nous n'avons pas à nous préoccuper ici de données qui ne sont pas de nos pays et avec lesquelles nous ne pouvons pas établir de moyenne. La différence dans la qualité des terrains est trop grande pour que nous puissions jamais espérer des rendements comme ceux de la Flandre et de l'Alsace.

Rendement en huile. — On n'a pas plus de données sûres sur le rendement en huile que sur la quantité de graine obtenue à l'hectare. Ceci varie avec la qualité de la graine, le mode d'extraction, la force du pressoir, la durée de la pression, le bon fonctionnement des machines, etc.

Selon quelques agriculteurs, elle contient
40 p. % d'huile; suivant d'autres, 35, 32, 30, etc.
S'il nous était possible de considérer ces données
comme moyenne pour notre pays, nous conseillerions d'y ajouter foi; mais il est un fait certain :
c'est que nos terrains sont moins riches que ceux
desquels nous prenons ces notes, et nous ne
pensons pas qu'on puisse obtenir en Limousin ces
résultats. Cependant, voici ce que nous avons
obtenu :

PAR 100 KIL. DE GRAINES.

1re année. . . . . . , ... 28 kil.
2º année. . . . . 31 —
3e année. . . . . 33 —

MOYENNE : 30, 6 p. %.

On voit par là que le rapport de l'huile aux
graines est à près identique à celui du colza.

Richesse et emploi du tourteau. — Comme
toutes les plantes oléagineuses, le colza donne
un tourteau qui aide bien à payer les frais de
culture.

D'après l'analyse que nous en avons fait faire,
il a donné :

Huile. 13,700
Matières organiques. 63,500
Sels minéraux. 10,600
Eau. 12,200
                                  _____
                                  100

Il est peut-être le plus riche des tourteaux et
rendrait de grands services à l'agriculture, sur-

tout dans nos terrains, qui ont tant besoin d'engrais chimiques.

Emploi des tiges. — Dans quelques contrées, on s'en sert comme combustible ; mais le Limousin étant une des provinces les mieux boisées de la France, je ne crois pas qu'elles soient utilisées pour cet usage. On peut s'en servir pour couvrir des meules de paille, de foin ou, encore, comme litière dans les cours, pour les faire broyer, car ce serait une couche un peu dure pour les animaux.

Nous ignorons la richesse de cette paille comme engrais, n'en ayant pas fait faire d'analyse.

Voici à peu près, en résumé, la culture du pavot telle que l'enseignent les praticiens et les hommes de science ; telle que nous l'avons faite nous-même, nous aidant de l'expérience et des conseils des autorités les plus compétentes.

Des objections seront peut-être soulevées et quelques points probablement combattus quand une plus longue expérience aura apporté de nouvelles lumières.

Nous engageons vivement tous les cultivateurs à signaler leurs propres observations. Nous sommes prêts à rétracter nos erreurs, comme aussi à défendre ce qui nous paraîtra la vérité. Nous ne demandons que deux choses : la première, que la lumière se fasse sur la véritable manière de cultiver le pavot dans notre pays ; la deuxième, être utile aux cultivateurs de notre région, assez éprouvés déjà par le malaise général de l'agriculture française.

Espérons qu'avec beaucoup de bonne volonté, de l'intelligence et Dieu aidant, nous verrons bientôt s'épanouir sur le penchant de nos collines et dans nos vallées ce nouvel hôte qui fait la richesse de certains pays. Ce sera avec un véritable sentiment de bonheur que nous verrons ces corolles roses s'ouvrir sous ce nouveau ciel à côté de l'odorante fleur de sarrasin ; cette dernière n'en sera pas jalouse, je pense ; mais elles formeront ensemble de magnifiques parterres que ne dédaignerait pas tout à fait la muse d'un Louis Guibert.

Considérations

SUR LA CULTURE DU PAVOT

—⁓⁓—

Le Limousin étant surtout un pays d'élevage, le cultivateur ne s'occupe de quelques petites productions industrielles que comme occupations accesoires, afin de ne pas laisser un certain nombre de bras inoccupés.

Le colza, le lin, n'y sont que pour les nécessités de chaque fermier ; les légumes, les fruits, la laiterie ne sont que pour les positions privilégiées comme aux environs des villes. Les céréales et les bestiaux sont ses deux principales richesses.

Mais a-t-on dit le dernier mot là-dessus ? Ne pourrait-on pas y introduire quelques productions industrielles destinées à la vente et dont nous laissons le monopole à l'étranger ? Nous le croyons.

Un de nos savants limousins, M. le Dr Le Play, a publié un article dans son almanach du *Colon Limousin* de 1885, où il conseille aux agriculteurs de profiter un peu mieux des choses que les circonstances de notre situation agricole nous accordent. Le cultivateur limousin, en effet, n'est pas minutieux pour ses intérêts. Il s'occupe trop des intérêts généraux de son exploitation, et pas assez de ces petits détails qui, envisagés chacun à part, ne paraissent pas grand chose, et qui, cependant, donnent de gros bénéfices à la fin de l'année. C'est cet art, nous pourrions dire, de savoir profiter des moindres choses ; c'est cet esprit d'ordre et d'économie ; c'est ce besoin aussi qui oblige à tirer partie de tout et faire argent de tout qui fait la supériorité du cultivateur du Nord.

Il est important aujourd'hui, plus que jamais, de tourner les yeux partout où nous pourrons trouver profit. Chaque jour, nos débouchés deviennent plus nombreux, la consommation plus grande, ce qui facilitera l'écoulement de nos produits. Mais l'étranger, de son côté, nous fait une concurrence énorme par ses produits qui arrivent en foule à la faveur de traités de commerce contraires à nos intérêts. L'agriculture souffre ; elle est écrasée par l'impôt, par la main d'œuvre devenue ruineuse, le prix excessivement élevé des engrais, des instruments aratoires, par la concurrence étrangère. Les deux seules ressources qui nous restaient et qui ont toujours fait la richesse principale du Limousin (les *bestiaux* et les *céréales),* se vendent à des prix si vils qu'il est impossible que notre agriculture et le bien-être du cultivateur se maintiennent à la hauteur que le travail et une bonne rémuné- ration lui avaient justement acquise. Le blé ne s'est pas vendu durant l'année 1884 au prix de revient ; nos animaux se sont vendus quand même, malgré quelques difficultés, mais à des prix non rémunérateurs.

En face d'une situation semblable, il faut chercher, par tous les moyens possibles, à remédier à cet état de choses. Il nous faut produire des denrées dont la vente est certaine et les prix rémunérateurs, produits que nous pourrons opposer à ceux de l'étranger sans crainte de concurrence dans les prix et la qualité. Voilà le remède à nos maux.

Il est un point essentiel et que tout agriculteur doit méditer. C'est, comme nous l'avons déjà dit, de produire des denrées défiant la concurrence ; denrées qui coûtent autant à l'agriculteur étranger qu'à nous.

Jusqu'ici nous ne pouvons pas lutter contre les céréales de l'étranger, qui ont ruiné l'agriculteur français. S'il n'est pas fait de modifications dans nos relations, nous nous verrons obligés de recourir à d'autres expédients et forcés de ne produire que les céréales nécessaires à la nourriture de chaque fermier dans sa famille.

Le pavot est assurément une des richesses de l'agriculture française, tant par la facilité avec laquelle on écoule ses produits que par l'excellente qualité de son huile, qui n'est dépassée que par celle d'olive. Ses produits sont un peu inférieurs, il est vrai, à ceux de froment, et les frais de culture sensiblement plus élevés ; mais en revanche, sa graine se vend avec autant de facilité et le prix en est plus élevé.

Nous avons à le comparer avec le colza, qui est son adversaire dans notre pays ; c'est ce que nous allons faire dans les pages qui suivent, et nous verrons où sont les avantages.

Le colza, il est vrai, fournit une huile abondante et *paye* très bien, comme on est convenu de le dire ; mais son huile est désagréable au goût, on ne la mange jamais sans la faire brûler, tant elle est âcre et rappelle un goût de verdure ; sa culture est aussi difficile et aussi onéreuse que celle du pavot et sa valeur commerciale est inférieure.

L'huile de pavot a l'avantage sur celle de colza, de lin, de chanvre, etc., de servir dans presque

3

toutes les industries. On l'emploie dans la peinture, l'éclairage, la fabrication du savon, etc.

Nous nous permettons de citer ici l'opinion de plusieurs agriculteurs dont l'autorité et la compétence ne peuvent être mises en doute :

« Cette huile, dit M. Gustave Heuzé, est très édule et la meilleure après celle d'olive. On la désigne dans le commerce sous le nom d'huile blanche, et quelquefois sous celui de petite huile d'olive ; et aujourd'hui, comme en 1717, on la mélange avec l'huile d'olive dans le but de réaliser, par cette mixtion, plus de bénéfices. »

« Cette huile, qu'il serait déraisonnable de comparer à celle d'olive, est cependant douce, saine, d'une saveur agréable, et elle n'a rien de l'odeur désagréable de celle du colza, du lin, du chanvre, etc. »

(VILMORIN et LECLERC THOUIN.)

« La graine rend 30 ou 40 p. % d'une huile douce, excellente à manger, et qui est la plus siccative des huiles employées en peinture ; pilée et cuite avec du lait, elle constitue une bouillie aussi nourrissante que saine et appétissante, fort en usage dans tout l'Orient de l'Europe. »

(Dʳ SACC, *Chimie des Végétaux*, p. 110.)

Nous ne pouvions mieux faire l'éloge du pavot qu'en citant l'opinion de ces hommes, dans la crainte qu'on suspectât la nôtre.

Voici les résultats comparatifs du pavot, du froment et du colza ; on verra par ces chiffres combien serait avantageuse pour nous la culture du pavot.

Ne pouvant donner les résultats publiés pour le froment, le colza et le pavot, comme terme de comparaison, par des pays beaucoup plus riches que le Limousin, nous n'avons pas voulu les citer et nous avons pris les chiffres obtenus dans ce dernier.

Moyenne de production de trois années.

SURFACE CULTIVÉE : 10 ARES.

1re année............ 129 litres.
2e année........... 138 —
3e année........... 147 —

MOYENNE : 138 litres à l'hectare.
Hectol., 13,80.

Moyenne de production à l'hectare du :

Froment............... 17 hectolitres.
Colza................. 18 —
Pavot................. 13 — 80

Dépense à l'hectare :

Froment................... 239 fr. »
Colza..................... 241 »
Pavot..................... 227 »

Valeur commerciale (l'hectolitre) :

Froment................... 23 fr. »
Colza..................... 20 »
Pavot..................... 26

Valeur produite à l'hectare :

Froment................... 391 fr. »
Colza..................... 360 »
Pavot..................... 358 80

Bénéfice net :

Froment.................................. 152 fr. »
Colza.................................... 119 »
Pavot.................................... 131 80

On voit, par ces chiffres, que la culture du pavot est plus lucrative que celle du colza, et presque aussi avantageuse que celle du froment. Nous ne donnons ici que des chiffres résultant de notre propre comptabilité. Notons, en passant, que la récolte du pavot eût été augmentée si deux vaches, échappées par un enfant, n'eussent occasionné des dégâts considérables dans l'essai de la première année, dégâts que nous n'estimons pas à moins de 25 à 30 litres. D'ailleurs, le pavot a l'avantage, sur le froment, de laisser la terre dans un meilleur état de propreté et de fertilité, et de pouvoir donner une récolte dérobée de carottes qui y réussissent très bien.

Tout ce que nous pourrions dire sur la culture du pavot serait superflu, et nous aimons mieux laisser à l'agriculteur sérieux et intelligent le soin de se laisser prouver le reste.

Nous ne ferons qu'un vœu en terminant : voir se développer cette culture dans tous les terrains où elle pourra avoir lieu. Et nous sommes convaincu d'avance que, quand cette plante sera plus connue et mieux appréciée, chaque agriculteur sera jaloux de la posséder.

Limoges. — Imp. A. Ussel et G. Tarnaud, rue Cruche-d'Or, 8.

www.ingramcontent.com/pod-product-compliance
Lightning Source LLC
Chambersburg PA
CBHW061643180626
46818CB00003B/943